칼에 찔린 자국

도서출판 아시아에서는 《바이링궐 에디션 한국 현대 소설》을 기획하여 한국의 우수한 문학을 주제별로 엄선해 국내외 독자들에게 소개합니다. 이 기획은 국내외 우수한 번역가들이 참여하여 원작의 품격을 최대한 살렸습니다. 문학을 통해 아시아의 정체성과 가치를 살피는 데 주력해 온 도서출판 아시아는 한국인의 삶을 넓고 깊게 이해하는 데 이 기획이 기여하기를 기대합니다.

Asia Publishers present some of the very best modern Korean literature to readers worldwide through its new Korean literature series 〈Bi-lingual Edition Modern Korean Literature〉. We are proud and happy to offer it in the most authoritative translation by renowned translators of Korean literature. We hope that this series helps to build solid bridges between citizens of the world and Koreans through rich in-depth understanding of Korea.

바이링궐 에디션 한국 현대 소설 **023**

Bi-lingual Edition Modern Korean Literature 023

Stab

김인숙
칼에 찔린 자국

Kim In-suk

ASIA
PUBLISHERS

Contents

칼에 찔린 자국

Stab

그날 아침, 그는 출근길의 차 안에서, 경부고속도로에서 일어났다는 12중 연쇄 추돌사고에 대한 뉴스를 들었다. 교통정보를 알려주는 프로그램에서 그런 뉴스는 얼마든지 들을 수 있었다. 여자 리포터의 보도에 이어 남자 아나운서의 과장된 탄식 소리가 들렸다. 여러분, 안전 운전하십시오. 나 하나만의 생명이 달린 문제가 아닙니다. 곧 그의 귀에 익숙한 오래된 팝송이 흘러나오기 시작했지만 그는 채널을 다른 데로 돌려버렸다.

시간이 오래 흘렀음에도 그는 여전히 그런 뉴스를 태연하게 들을 수가 없었다. 습관처럼 얼굴에 미열이 오르고, 뒷머리가 띵한 느낌이 들었다. 오래 전, 그에게도 그와 비

He was driving to work when he heard the news about a twelve-car pileup on the Seoul-Busan Highway. It was the sort of thing you'd expect to hear from a traffic news program all the time. The anchorman sighed loudly when the woman reporter finished reporting. "Please drive carefully, people. It's not just your life." The opening strains of a familiar pop song wafted from the radio, but he changed the station.

He could not listen to such news indifferently. Each time he heard something of the sort, his face would go hot and he would feel numbness on the back of his head. It was probably because he'd

숫한 경험이 있었다. 시간강사 노릇으로 일주일에 세 번씩 고속도로를 타야만 하던 무렵이었다. 그 일주일 중의 하루는 서울에서 대전으로, 대전에서 전주로, 다시 전주에서 서울로 정신없이 액셀을 밟아대야만 하는 형편이었는데, 그 한 학기 동안 그가 뗀 범칙금 딱지만 해도 다섯 장이 넘었다. 에어컨을 아무리 세게 틀어도 차창의 전면으로 쏟아져 들어오는 햇살의 열기를 이길 수가 없었던 오후 한 시쯤으로 기억된다. 깜빡 졸았는가 싶었는데 경찰차가 쫓아오는 것이 룸미러로 보였고, 그는 그때에야 비로소 자신이 암행 경찰의 속도 단속에 걸렸다는 것을 알게 되었다. 똥줄이 타게 바빴지만 그는 차를 세우지 않을 수 없었고, 경찰은 그에게 뺑소니의 혐의까지 씌워가며 뒷돈의 액수를 높이려 들었다.

그가 암행 단속에 걸려준 덕분으로, 도로는 이제 정상 속도 아래로 서서히 진행되고 있었다. 경찰과의 실랑이에 짜증이 난 그가 도로 쪽으로 고개를 돌렸을 때, 낡은 은색 프라이드의 운전자 하나가 그를 바라보며 빙글거리는 것이 언뜻 보였다. 그와 경찰에게 보란 듯이, 프라이드는 도저히 고속도로의 주행 속도라고는 믿을 수 없게 기어가듯 꽁무니를 보였다.

experienced something similar a while back. He was a part-time lecturer then, and he had to commute on the highway three times a week. He would step on the pedal all the way from Seoul to Daejeon, on to Jeonju and back. That semester, he'd pick up more than five tickets for speeding. It happened around an hour past noon, when the sunlight pouring through the windshield was unbearably hot even though the air-conditioner was turned down as low as possible. He couldn't be sure but he might have dozed off. Next thing he knew, there was a traffic police car behind him on the rearview mirror. The guy had probably been on the lookout and he made a good catch for speeding. He had no time to lose, but he had no choice but to pull over. The policeman scrutinized him and accused him of attempting to flee on top of speeding, to get a bigger bribe.

Other drivers, seeing them on the roadside, slowed down below the legal limit. Fed up with the policeman, he turned to the road. A guy in an old silver Pride was smirking at him, his car moving at a snail's pace even though he was on the highway, as if to mock the two of them.

대여섯 대의 차량들이 한꺼번에 뒤엉켜 쭈그러들고 뒤틀려 있는 연쇄 추돌의 현장을 그가 목격한 것이, 그로부터 십 킬로쯤을 진행한 뒤의 일이었다. 고속도로 한복판이 까닭 없이 정체되기 시작하더니, 나중에는 거의 움직임이 없었다. 사고구나, 라는 직감은 쉽게 다가왔다. 그러나 그가 정작 그 현장을 지나치게 되었을 때, 그는 느리게 진행하는 다른 차들의 운전자들처럼 그 현장을 향해 길게 목을 빼고 있을 수가 없었다. 그는 가급적, 그 현장을 빨리 지나쳐버리고 싶었다. 그러나 경찰차와 견인차 앰뷸런스가 둘러싸고 있는 사고 차량들 사이에서, 김이 모락모락 피어오르는 그 낡은 은색 프라이드를 목격하는 일을 피할 수는 없었다. 은색 프라이드는 완전히 박살이 나다시피 되어 있었는데, 우그러들어 열리지 않는 운전석 문의 깨진 유리창 바깥으로 팔 하나가 덜렁거리고 있는 것이 보였다. 햇살은 여전히 이글거렸고, 덜렁거리는 팔목 위에서 은빛 시계가 쨍, 하고 빛나고 있었다.

그날, 아침도 거르고 점심도 거른 채 진행되었던 오후 강의 도중, 그는 메슥거림을 참지 못하고 휴지로 입을 틀어막은 채로 거품 같은 위액을 조금 토해냈다. 그가 퀭하게 눈물 고인 눈을 창가로 돌렸을 때, 영원히 지지 않을

He continued on his way after the policeman left. He had hardly gone ten kilometers down the highway when he saw around six cars entangled, crushed, and twisted together in a pileup. He'd had a hunch that there was an accident ahead because the traffic was backed up and slowed to a near halt. But he couldn't afford to dawdle when he reached the scene, unlike the other drivers who craned their necks to see what was going on. He just wanted to step on the gas to get to his destination as soon as possible. Still, it was impossible to miss the silver Pride smoking among the damaged cars surrounded by police cars, tow trucks, and ambulances, crushed almost beyond recognition. An arm dangled from the shattered window of the door on the driver's side, which was crumpled shut. The sun was still strong, sending glints off the silver wristwatch on the lifeless arm.

He'd skipped breakfast that morning, as well as lunch. In the middle of class that afternoon he felt queasy and stopped up his mouth with a tissue, spitting up some foamy gastric juice. He turned his teary eyes to the window and saw the sun that had been so intense, setting, bleeding the sky. He suddenly felt life's emptiness. That view of the sunset

것 같던 해가 막 떨어져 내리며 피같이 붉은 노을빛을 번져놓고 있었다. 생은, 무상했다. 그 후 오래도록, 그는 그날 강의실에서 보았던 붉은 노을빛을 잊을 수가 없었다.

그에게 '그 일'이 벌어졌을 때, 그러고 나서 그가, 자신은 생에 대해서 너무 늦게 알게 되었다고 생각하게 되었을 때, 느닷없이 떠올린 것 역시 그 붉은 노을빛이었다. 그러나 그 전에라면 언제나 그랬던 것처럼, 그는 더 이상 그 노을빛을 떠올리며 진저리를 치거나 병적인 메슥거림을 느끼지 않았다. 그는 그 노을빛을 떠올렸고, 다만 바라보았다.

경부고속도로에서 12중 추돌사고가 일어났다는 뉴스를 듣던 날 저녁, 그는 학교에서 멀지 않은 곳의 술집에서 형사들에게 연행되었다. 동료 교수들과의 회식을 끝내고, 집으로 돌아가기 위해 택시를 기다리다가 문득 들어가기 좋은 곳의 술집이 보여 혼자서나마 맥주 한잔만 더 할 생각이었다. 술을 즐기지 않는 학장이 회식 자리에 함께 있는 바람에 양껏 못 마신 탓도 있긴 했지만, 아내와 냉전 중인 집에 일찍 돌아가고 싶지 않은 기분도 있었고, 무엇

from the classroom refused to fade from his memory, even after a long time.

He remembered that sunset when he got mixed up in that 'detective incident,' which made him realize it was too late to change his life. This time, unlike before, he didn't shudder or feel queasy. He simply remembered it and tried to summon back the vision.

The night of the same day he'd heard the news of the twelve-car pileup on the highway, he was arrested at a bar near the university. He'd had dinner with his colleagues and was waiting for a taxi to take him home when he spied a decent-looking bar and decided to have some beer on his own. The dean did not like alcohol so he could not have his fill at dinner. Nor was he keen to go home to find his wife still awake since they were going through a rough patch in their marriage. Besides, he needed to take a leak. He ordered two bottles of beer at the bar and went to the toilet. He returned to find the detectives waiting for him. Before he could ask what was going on, they had dragged him to the police station where they told him he was a suspect

보다 화장실이 급했었다. 그가 자리에 앉기도 전에 맥주 두 병을 먼저 시켜놓고 화장실에 들어갔다 나왔을 때, 형사들은 이미 그를 기다리고 있는 중이었다. 뭐라 말할 사이도 없이 그는 경찰서로 연행이 되었고, 그곳에 이르러서야 자신이 살인 용의자로 연행되었다는 것을 알게 되었다.

"이 여자, 알아? 몰라요?"

반말도 아니고 경어체도 아닌 형사의 물음 앞에서 말보다 입이 먼저 막혀 뭐라 대꾸조차 하지 못하고 있던 그의 앞으로 사진이 한 장 놓였는데, 그 낯선 얼굴을 그는 차마 모른다고 말할 수가 없었다. 그런 정황만 아니었다면, 그는 아마도 말했을 것이다. 나는 이 여자를 안다고…… 분명히 안다고. 그러나 모르겠다고, 이 여자가 누구인지는 모르겠다고…… 그러나 잠시 후 그가 한 대꾸는 고작 이러했다.

"난 교숩니다. 국립대학의 현직 교수예요."

어쩌자고 그런 대꾸가 나왔을까. 난 이 여자를 모른다든가, 설사 안다고 하더라도 살인은커녕 그 여자의 몸에 손끝 하나 댄 적이 없다고 항변을 했어야 옳았겠으나, 그는 자신이 교수 신분이라는 것으로 자신의 무혐의를 주장하려 들었다.

in an attempted murder.

"Hey, do you know this woman or not, sir?" Speaking neither respectfully nor really disrespectfully, his interrogator placed a photograph in front of him. He couldn't muster a denial, although she was a stranger for all he knew, If he'd been anywhere but the police station being interrogated, he might have said he saw her but had no idea who she was. But all he could come up with was this stupid answer: "I'm a professor. I teach at a national university."

He had no idea how he came up with that lame answer. He should simply have answered whether or not he knew her. Even if he indeed knew her, he could say he'd never touched her, let alone tried to kill her. But all he could say in his defense and to uphold his innocence was that he was a professor.

He hadn't even had the title more than six months. He had worked for it for eight years, teaching here and there as a part-time lecturer, like a traveling salesman. Before that, he spent a few more years in earning a degree. While his peers, and even his juniors, became college professors or managers in their companies, he was hopping from one provincial university to another. He wasted a lot of time

그가 그 직함을 얻은 것은 고작 6개월 전의 일이었다. 교수라는, 그 직함을 얻기 전까지 그는 자그마치 팔 년이란 세월을 보따리 장사라 불리는 시간강사로 보냈으며, 그 이전 몇 년간의 세월은 오로지 학위 따는 데에만 바쳐졌다. 그의 동기와 후배들이 차례로 교수직에 입성하고, 혹은 차장 부장이 되어가는 동안에도, 그는 여전히 지방의 이 대학 저 대학들을 전전하며 다녔다. 그의 삶이 온갖 도로 위에서 기름과 함께 쏟아부어지는 동안, 그의 청춘도 그가 가졌던 첫 번째 차처럼 폐차되어 갔다. 그러니 이제 와서는, 그렇게 하여 얻은 교수직함이 그의 인생에 대한 항변의 모든 것이 되어버린 것일까.

그는 거듭 말했고, 그의 신분증을 종류대로 차례로 제시했으나 형사는 그의 항변을 들으려고도 하지 않았다. 그날 저녁, 그가 들렀던 술집의 마담이 일주일 전에 바로 자기 술집 앞에서 칼에 찔렸다고 했다. 대로변에 위치한 술집이었음에도 목격자는 아무도 없었다. 마담은 일주일째 사경을 헤매는 중이고, 그를 용의자로 지목한 사람은 그 술집의 여종업원이라고 했다. 사건이 있던 당일, 그 술집에서 술을 마시던 그가 마담에게 욕심을 부리다가, 심하게 행패를 부리는 것을 여종업원이 보았다는 것이다.

and energy on the road, until his youth was forgotten like his first car. Perhaps that was why he clung so hard to his hard-earned professorship.

He repeated the answer, presenting various ID cards to bolster his claim, but the detective did not seem impressed. The woman who owned the bar where he'd gone for drinks that night had been stabbed outside it the week before. The bar was located along a main road, but there were no eyewitnesses. The woman was in a coma for a week, and a waitress had pointed him out as a suspect. According to her, he'd been drunk that night, hit upon the owner and went berserk. The waitress recognized when he returned to the bar, and it so happened that the detectives were there to take down her statement, so they arrested him on the spot.

Unfortunately, he had no alibi. After hearing from the detective what happened, he recalled that he'd indeed been to the bar for a drink on the night in question. That was probably why the woman in the photo looked familiar. That night too, he hadn't wanted to go home early so he cajoled some of his colleagues to go drinking with him. He got himself tipsy but still wanted to drink more by himself even after the party broke up. Looking for a place to

바로 그날, 그가 화장실이 급해 술집 안으로 들어섰을 때 술집 종업원이 그를 알아보았고, 마침 종업원의 보충 진술을 듣기 위해 그 술집에 들어서던 참인 형사들에게 연행된 것이었다.

불행히도 그에게는 주장할 만한 알리바이가 전혀 없었다. 형사의 설명을 들으면서, 그는 사건이 있던 날 자신이 그 술집에서 술을 마셨던 것이 사실이라는 것을 기억해냈다. 피해자의 사진이 낯이 익은 이유는 그래서였다. 그날도 아마 그는 아내와 냉전 중인 집에 일찍 들어가기가 싫었을 것이고, 그래서 내켜 하지 않는 동료 교수를 술자리로 끌어내 만취했을 것이고, 동료 교수와 헤어진 뒤에는 혼자라도 더 마실 만한 데를 찾다가 우연히 그 술집엘 들어서게 되었을 것이다. 그러나 그의 기억은 그것이 전부였다. 그가 마담에게 무슨 짓을 했는지…… 설마 자신이 범인일 수도 있다고야 손톱 끝만치도 생각하지 않았지만, 그러나 마담에게 어떻게 욕심을 부렸는지, 혹은 어떻게 집적거렸는지, 그리고 협박을 했는지, 그런 것에 관해서는 아무 기억도 떠오르는 것이 없었다. 그의 기억은 이튿날 아침, 자신의 집 침대 위에서 몸을 돌려 누우며 물 컵을 찾던 순간까지 완벽하게 삭제되어 있었다. 그는 형사

drink, he'd wandered into the bar. His memory stopped there, and he could not remember if he did anything to the woman. He didn't think himself capable of committing the crime, but he couldn't say for sure that he didn't hit on, harass, or threaten her. His memory was a complete blank from the time he stepped into the bar until he woke up in bed the next morning, reaching for a glass of water. He could not answer the detective's questions. All he could stammer was that he was a professor at a national university, with a wife and two children, and a dear son to his elderly parents. His answers had nothing whatsoever to do with the crime.

He told himself his arrest might be a blessing in disguise, like the incident with the traffic police a long time ago that spared him from certain death on the highway. He stayed for six hours at the police station. Although he couldn't prove his innocence, so too, the police could not establish his guilt. The detective's questions were basically meant to intimidate him, to show him that although he wasn't a strong suspect, they still considered him material to the case. Three days later, he heard that the police had arrested the real culprit. They did not even

의 어떤 물음에도 제대로 대답할 수 있는 것이 없었다. 그가 주장할 수 있는 것이라고는, 첫마디가 그랬던 것처럼, 자신이 현직 국립대학의 교수라는 것, 한 여자의 남편이며 두 아이의 아비이고, 아직 생존해 있는 늙은 노부부에게는 여전히 천금 같은 장남이라는 것, 그런 것들밖에는 없었다. 그러나 그중의 어떤 것도 범죄와 관련된 해당 사항은 아니었다.

그가 오래 전에 운명 같은 우연으로 죽음의 위기에서 비껴갈 수 있었던 것처럼, 그날의 일도 운명 같은 불운에 지나지 않는 것일 수도 있었다. 그가 그 일로 인해 경찰서에 머문 시간은 대여섯 시간 정도에 지나지 않았다. 그가 무혐의를 주장할 수 없는 것처럼 경찰에게도 그의 혐의를 입증할 증거 같은 것은 없었다. 실제로 형사의 협박성 어투를 대충 제거하고 듣는다면, 그는 유력한 용의자로 체포되었다거나 연행되었다기보다는 참고인 정도의 수준에 지나지 않았던 것 같기도 했다. 그리고 그날로부터 사흘 뒤, 그는 진범이 붙잡혔다는 사실을 확인했다. 그러나 경찰은 그에게 사과 같은 것은 하지 않았다. 삭제된 기억의 모든 책임은 그에게 남겨졌을 뿐이었다.

offer him an apology, and anyway, by then, he could no longer shake off a sense of guilt because of the gaps in his memory.

He didn't tell anyone about his arrest and questioning. He didn't know what he should have done for three days until the culprit was taken into custody. He would have liked to clear his name, but there was nothing he could have done about it. He might have been able to get the dean and his colleagues to testify that he wasn't a violent person, or his wife, with whom he wasn't in good terms, and his aging parents that he was a good husband and ideal son. He was pretty sure all of them would have obliged. He wouldn't hurt a fly, and was a decent husband except for a brief lapse when he fell for another woman and for those years he failed to provide for his family before he became a professor. With age, his parents' opinion of him also seemed to have declined, but he was sure they still considered him a dear son. But what use would he have for their testimonies? They would have wanted to know why he wanted their testimonies, and would have been dissatisfied if he had told them of the gaps in his memory.

He kept mum about the incident even after the

그는 그날 밤, 자신이 겪은 일에 대해서 아무에게도 말하지 않았다. 진범이 검거되었다는 사실을 확인하기까지의 사흘 동안, 그는 자신이 무엇을 해야 하는지 전혀 알 수가 없었다. 그는 어떤 방식으로든 자신의 무혐의를 입증해야 했으나, 그럴 수 있는 방법 같은 것은 전혀 찾아지지 않았다. 그가 할 수 있는 일이라고는, 학장이나 동료 교수에게 그가 얼마나 비폭력적인 사람인지를 증언해달라고 하는 일이거나, 냉전 중인 아내와 늙어가고 있는 부모에게 그가 얼마나 괜찮은 남편이며, 올곧은 자식인가를 확인해달라고 하는 것뿐일 터였다. 물론 누구든, 그의 부탁을 거절하지는 않을 것이 틀림없었다. 그는 확실히 폭력적인 성향과는 거리가 먼 사람이었으며, 잠시 연애에 빠졌던 것과 너무 오랜 세월을 무능한 남편으로 살았던 것을 제외하고는 아내에게도 증언을 거부당할 정도로 나쁜 남편은 아니었고, 늙어갈수록 서운한 것들이 새록새록 많아져 가고 있는 노부모이기는 했지만, 그래도 그들에게는 여전히 그가 천금 같은 자식일 것이었다. 그러나 그러한 증언들이 과연 효과가 있기나 한 것일까. 게다가 그들은 증언에 앞서 그의 삭제된 기억을 차근차근 추궁하려고 들 것이고, 때때로 자신의 기억을 놓아버린 채 살아가는

culprit's arrest, telling himself that forgetting was the best way to deal with it. He knew it was the kind of experience where even the words of the most well-meaning person could offer little solace. He worried that as soon as he mentioned the blanks in his memory, he would become the object of people's vulgar curiosity. Life went on. Just as the highway stayed there after the pileup that crumpled the silver Pride almost beyond recognition, his life continued in spite of that incident. He was still a professor at a national university, a husband, and a father to two kids.

There was nothing to worry about. True he might be haunted by the traumatic experience and wake up in the middle of the night in a cold sweat, but he would gradually forget it and be able to move on after all. For some time he might have to flip channels when similar news came on, but time would solve that too. If there was any problem, it was the three days after the incident, not the six hours he spent at the police station—the three days he'd struggled to revive his memory, only to lose the sense of self he believed he had.

The weekend after the incident, he missed the

사람의 무능에 대해서도 탄식할 것이 틀림없었다.

　진범이 검거되었다는 것을 확인한 뒤에도, 그는 자신이 겪은 일에 대해서 누구에게도 발설하지 않았다. 그런 식의 불운한 일은 가급적이면 잊어버리는 것이 최선이었고, 그러자면 입 밖에 꺼내 확인하지 않는 것이 좋았다. 무엇보다도, 그는 '그 일'이 누구에게도 위로받을 수 있는 종류의 일이 아니라는 것을 알았다. 그가 입을 여는 순간, 그는, 그리고 그의 삭제된 기억은 다만 비천한 호기심의 대상이 될 뿐일 터였다. 달라진 것은 아무것도 없었다. 은색 프라이드가 완전히 짜부라져버린 연쇄 추돌사고에도 불구하고 도로가 끊기지는 않았던 것처럼, 지독히 불운했던 일에도 불구하고 그의 인생 역시 여전히 천천히 흘러갔다. 그는 여전히 현직 국립대학의 교수였고, 한 여자의 남편이었으며, 두 아이의 아비였다.

　마찬가지로 문제가 될 만한 것 역시 아무것도 없었다. 한동안은 그 불운했던 기억이 악몽 속으로 스며들어 어린아이의 경기처럼 존재하기도 하겠지만, 시간이 흐르면 옅어지고 무심해지기도 할 것이었다. 또한 당분간은 뉴스를 듣다가 채널을 돌려야 할 순간들이 많아지기도 하겠지만, 그것도 시간이 흐르면 괜찮아질 것이 틀림없었다. 다만

memorial service for his grandfather's death anniversary because of terrible stomach cramps. He'd had a problem with his stomach for years because of long hours sitting in his desk, but it was the first time he had such an acute, painful bout. His wife had gone ahead with the kids, so the house was empty when he came home. He went to the bedroom to change and was undressing when the pain struck. He rolled on the floor in his underwear. He clenched his fists in pain, his nails leaving purplish marks on his palms, but there was no one to hear his groans. When the piercing sensation relented a little, he struggled into his clothes and managed to get out of the house, supporting himself against the wall. He hailed a taxi and asked the driver to bring him to a nearby clinic instead of his parents' house, where his family was probably waiting anxiously for his arrival. He was given an intravenous drip and dropped off, sleeping for more than nine hours even after the needle was taken from his arm.

It might have been the longest, sweetest sleep he'd had in his life. He did not have any dreams and didn't have to try remembering anything when

약간의 문제가 있다면, 그에게 남겨진 것이 경찰서에서의 대여섯 시간 남짓이 아니라, 그 후의 사흘간이라는 데에 있었을 것이다. 삭제된 기억을 복원해내기 위해 기를 쓰던 사흘 동안, 그는 잊혀진 순간을 기억해내는 대신, 그가 알고 있다고 믿었던 자기 자신을 잃어버렸다.

그 일이 있던 바로 그 주말에, 그는 조부의 기제사에 참석할 수가 없었다. 위경련 때문이었다. 하루의 절반 이상을 의자에 앉아서만 보내야 했던 오랜 세월 동안, 가장 많이 나빠진 구석이 위이기는 했지만 그렇게 급작스럽고 고통스러운 위경련은 처음이었다. 아내와 아이들이 먼저 떠나고, 옷을 갈아입으러 들어갔던 텅 빈 집에서였다. 그는 러닝과 팬티 바람으로 바닥을 뒹굴었다. 고통을 참기 위해 주먹 쥔 손에 손톱자국이 피멍처럼 새겨졌지만, 그의 신음 소리를 들어주는 사람은 아무도 없었다. 칼로 끊어내는 듯한 첫 번째의 길고 호된 고통이 잠깐 누그러들었을 때, 그는 겨우 옷을 걸치고 벽을 짚어가며 집을 나섰다. 그가 택시를 타고 간 곳은 그를 눈 빠지게 기다리고 있을 본가가 아니라 동네 병원이었다. 그곳에서 그는 링거를 맞으며, 그리고 링거를 빼고 나서도 자그마치 아홉

he woke up at first light. Then it dawned on him that he had missed the memorial service and hadn't informed anyone of his whereabouts. But it didn't seem to matter. He was immune to the anxiety that must have plagued his wife and parents at his sudden disappearance. Hadn't he almost died?

He continued to have stomach cramps the rest of that summer, though it was never as acute or severe as that time, always just a slight pain or discomfort. He cut back on his drinking, which helped thaw his relationship with his wife, who disapproved of his old habit. He also took to exercising regularly as advised by his doctor.

It so happened that his wife brought home an old treadmill of her brother's around that time. He'd been going to his office at the university every day even though it was vacation, and he saw the treadmill facing the verandah when he got home one evening.

"What's that thing doing here?"

"Didn't you say you don't want a woman with a paunch?" she said curtly. "Well, neither do I."

She had yet to warm up to him, although their cold war was over. He slumped on the sofa and stared at the treadmill, which she had polished with

시간이나 긴 잠을 잤다.

그의 생애 가장 길고도 달콤한 잠이었을 것이다. 아무 꿈도 꾸지 않았고, 아무것도 기억할 필요가 없는 잠이었다. 새벽이 훤하게 밝아올 때에야 잠에서 깨어난 그는, 비로소 자신이 아무 연락도 하지 않은 채 기제사에 참석하지 않았다는 것을 깨달았지만, 그게 도무지 아무 일도 아닌 것처럼 여겨졌다. 느닷없이 종적이 사라져버린 그 때문에 노부모와 아내가 치렀을 걱정 같은 것도 전혀 마음에 와 닿지가 않았다. 어떻든 그도 죽도록 아팠던 것이다.

그해, 여름 내내 그는 위의 통증과 함께 살았다. 발작을 일으킬 정도로 호된 통증은 아니었지만, 자잘한 통증과 거북함은 늘 사라지지 않았다. 그러나 그뿐이었다. 그는 이제 더 이상 만취하도록은 술을 마시지 않았고, 그가 술을 지나치게 마신다는 것으로 시작되었던 아내와의 냉전도 끝을 냈고, 그러고는 의사의 권유대로 규칙적인 운동을 결심하기도 했다.

아내가, 처남 집에서 짐짝 취급을 받고 있던 낡은 러닝머신을 가져온 것이 그 무렵의 일이었다. 방학 중이었지만 하루도 빠짐없이 연구실에 출퇴근을 하던 그가 어느 날 저녁 퇴근해 들어왔을 때, 그의 아파트 거실 베란다 앞

care. Her terse reply still echoed in his ears. He tried to think why she was still angry and how he could appease her. He knew it wasn't just his drinking. Perhaps she was sick and tired of her life, having just realized how dismal it was. They'd been too fixated on one thing for such a long time: he, to obtain his professorship, and she to try and make ends meet instead of him.

So you become a professor and I a professor's wife, she'd said during one of their quarrels in the past. *Don't you think our dreams are so cheap and pathetic? What could we do? That's the way our lives turned out. We just have to live with it.*

They'd clung to one thing for too long to the exclusion of everything else. It dragged them down like leaden weights. Why did they let it happen that way? Why didn't they stop to ask if there was any alternative? Was it to meet their parents' expectations, to be ideal parents to their children, or to impress their friends and acquaintances?

He stared at the treadmill and pondered his wife's irritable reply. It was true he had a big belly, like her. Since he started drinking heavily, it was a struggle just to pull up his zipper. The rolls of fat around

에 그것이 놓여 있었다.

"이게 뭐야?"

그가 물었고, 아내는 쌀쌀맞게 대꾸했다.

"배 나온 여자 싫다며? 나도 그래."

냉전은 끝났지만, 아내는 여전히 그에게 다정하지 않았다. 그는 옷도 갈아입지 않고 소파에 주저앉은 채로, 아내가 잘 닦아서 윤을 내놓은 러닝머신을 오래 바라보았다. 그에게 퉁명스럽게 내뱉었던 아내의 말이 귓가에서 좀처럼 지워지지를 않았다. 아내는 왜 화가 난 것이고, 왜 그 화가 풀리지 않는 것일까. 그것이 자신의 술버릇 때문이 아니라는 걸 그는 모르지 않았다. 아내는 아마도 지쳐버린 것일 테고, 어느 날 갑자기 그런 자신을 발견해 버렸을 것이다. 그들은 너무 오래 한 가지 일에만 매달려 살아왔다. 그는 교수가 되는 일에, 그리고 아내는 교수가 되어야 하는 남편이 비워버린 자리를 오직 자기 수입만의 가계부로 채워가는 일에…….

―당신은 교수가 되고, 난 교수의 마누라가 되는 거야. 저속하고 끔찍하지 않아? 당신이나 내 꿈이라는 게.

오래 전의 냉전 중에 아내는 그에게 말했었다.

his waist surprised him every day. Like she said when they'd quarreled, their lives might have reduced them to nothing. Their bodies, at least, had clearly stopped resisting. As they pursued their obsession, their minds slackened along with their bodies. They no longer even touched each other except to fuck when they needed to relieve their sexual drives.

He suddenly thirsted for alcohol. He tried to fight the urge, clamping his jaws. When his wife and the kids turned in, he stepped on the treadmill, the living room lit only by a night lamp. The belt began to roll. He started slowly and gradually picked up his pace, panting. As the machine speeded up, he had more trouble breathing and felt a stab of pain in his lungs. He felt like his eyeballs might pop out as he huffed for air. But he kept running, fists clenched, instead of slowing down. He looked at the world beyond the verandah as he ran. The road was lit brightly even though it was past midnight. A stream of cars flowed by with orange headlights, and giant electronic billboards glittered on top of the buildings. The night seemed to have dissolved and faded among the lights.

His thoughts came and went quickly as he gasped

—그렇지만 그것 말고 다른 게 뭐가 있어? 사는 게 결국, 이 모양 이 꼴이 되어버렸는데. 다른 게 아무것도 없는데.

그랬다. 그들은 너무 오래 한 가지 일에만 매달려 살아왔다. 그것 말고는 다른 것이 완전히 불가능한…… 그리고 그런 삶 속에 가라앉은, 그들의 무거운 추. 그런데, 왜 그래야 했을까. 왜 그것 말고는 다른 것이 아무것도 없었던 걸까. 노부모의 기대, 자식들에게 주고 싶은 아비의 상, 곁에서 오래 지켜본 지인들의 시선…… 오직, 그런 것들이었을까. 그와, 그의 아내에게 주어진 약속이란 건 그것밖에는 없었던 것일까.

그는 러닝머신을 오래 바라보며, 아내의 쌀쌀맞던 대꾸를 곱씹었다. 어느 날인가부터 그는 배가 나오기 시작했고, 아내의 배도 마찬가지였다. 술을 많이 마시기 시작하면서부터, 바지 지퍼를 올리기가 어려울 때가 많았다. 그는 허리께에서 한 줌씩 잡히는 뱃살의 부피를 매일매일 새삼스럽게 느꼈다. 오래 전의 냉전 중에 아내가 했던 말처럼, 그들의 삶이 그들을 별 볼 일 없게 만들어 버렸는지는 알 수 없다. 그러나 그들의 몸이, 그들의 저항을 포기해버린 것만큼은 분명한 사실인 것 같았다. 너무 오래 한

for breath. They breezed by at alarming speed, like the pine trees a sprinter passes along the track. The thoughts that had obsessed him all summer slipped by. At least, on the treadmill, he didn't have to dwell on them: empty thoughts that nagged him as he walked up the stairs to the third floor and made two turns to his office; thoughts he'd dwelt on while looking at the brightly-lit mirror inside the elevator going up to his twelfth-floor apartment; thoughts he'd nursed for countless years as he toiled for his professorship and tenure; thoughts about his parents helplessly growing old; thoughts about the mistress he'd once risked everything for... These thoughts came and went just as quickly. He ran for a long time, clutching his heart because of a stabbing pain, before stepping off the treadmill. Sweat spilled down his forehead, his hair plastered against it. He stepped out into the verandah and lay down on the cold tile floor, a night breeze blowing across his wet body.

The summer was coming to an end when he met the bar owner in whose stabbing he'd been implicated. He was looking up materials in the library when he got a voice message from an old school

가지 일에만 매달려오는 동안, 그들의 머리는 점점 좁아지고, 대신 그들의 몸은 탄력 없이 비대해져 갔다. 그들은 배설할 필요를 느끼지 않을 때는 잠자리를 하지 않았고, 서로의 몸에 손을 가져다 대지도 않았다.

문득 간절히 술이 그리웠다. 그는 아내와 아이들이 잠들 때까지 어금니를 깨물 듯이 하고 그 술 욕구를 참았다. 비로소 모두가 잠들었을 때, 그는, 미등만 밝혀진 거실에서 러닝머신 위로 올라섰다. 서서히 벨트가 돌아가기 시작했다. 천천히 걷다가 속도를 높이기 시작하면서, 빠르게 그의 숨도 가빠지기 시작했다. 속도는 점점 빨라지고 그의 숨도 점점 가빠지고, 폐 쪽에서 단단한 통증 같은 것이 느껴지기도 했다. 그러나 그는 속도를 줄이지 않은 채, 눈알이 튀어나올 정도로 숨을 헉헉거리며 두 주먹을 불끈 쥐고 달렸다. 러닝머신의 전면으로는 베란다 바깥이 내다보였다. 자정이 넘었음에도, 도로에 접한 베란다 바깥은 아직 환했다. 오렌지빛 전조등을 밝힌 차들이 쉼 없이 전진하고, 그 차들의 지붕 위에서는 대형 멀티비전의 화면이 쉼 없이 점멸했다. 밤은 그 눈부신 불빛 사이로 스며들어, 어디에도 존재하지 않는 것처럼 보였다.

수없이 많은 생각들이 탁탁 끊기는 그의 호흡 소리처럼

friend saying he was waiting for him at the bar. His heart sank when he heard the name of the bar, but he did not try to get his friend to change the meeting place.

He lost interest in the materials he'd taken two hours to find. He had time to spare but he left his office soon. When he reached the bar, he spotted his friend drinking beside the woman, who didn't seem like someone who'd been in a near fatal stabbing only a few months before. He looked around and didn't see the waitress who had fingered him.

"So, professor." She greeted him as if they knew each other. He became tense.

"How did you know?" His lips quivered slightly.

She smiled nonchalantly. "Your friend here has been boasting about you. He said you're a professor at the national university."

She did not seem to recognize him, and even appeared tipsy. She regarded him with bright, admiring eyes, and he sat down, his heart weighed down inexplicably. She poured him a shot of whiskey, and he knocked it back straightaway.

A few months ago at the start of summer, he became a murder suspect. Before that, he'd drunk himself senseless in the bar, hit on the woman, and

빠르게 다가왔다가 빠르게 지나갔다. 마치 백 미터 달리기 선수의 속도를 빠르게 지나치는 트랙 옆의 소나무처럼, 생각은 무섭게 빠르게 다가왔다가 무섭게 빠르게 지나갔다. 지난여름 내내, 그가 몰두했던 생각들…… 그러니까, 번번이 3층 계단을 올라가 두 번의 커브를 돌아 도달해야 하는 자기 연구실까지의 거리에서 느껴지던 그 까닭 모를 깊이, 또는 그 까닭 모를 '아무것도 아님'에 대해 적어도 러닝머신의 벨트 위에서는 그는 몰두하지 않았다. 12층 아파트까지 올라오는 엘리베이터의 양쪽 벽에 걸린 거울 속에 비친 불빛에서 떠오르던 모든 생각들…… 어쨌든 내 연구실만 생기면, 이라고 했던 것에 얽혀 있던 그 오랜 세월의 모든 생각들 역시, 아무것도 아니게 스쳐 지나갔다. 차마 바라볼 수 없을 정도로 속수무책으로 늙어가는 부모님에 대한 생각도 마찬가지였고, 한때 목숨을 걸고 싶었던 불륜의 애인에 관한 생각 역시 마찬가지였다. 그는 오래 달렸고, 가슴이 뻐개지는 듯한 통증에 가슴을 움켜쥐었고, 그러고 나서야 멈추었다. 이마에 축축 달라붙은 머리카락에서 땀이 방울이 아니라 물줄기처럼 흘러내렸다. 그는 그대로 베란다로 나가 차가운 타일 바닥 위에 몸을 뉘었다. 푹 젖은 몸 위에 밤바람이 한줄기 스며

went berserk when she refused him. It no longer mattered if he did it or not. He was back in the place where he'd lost his memory, with the woman whose stabbing made him a murder suspect.

"He's the most successful of all my friends. He's really the best."

Hearing his friend's apparently drunken talk, he downed another shot. He knew why he'd shown up from out of the blue and what he was up to. He'd heard that the guy was working his way through his old school contacts, trying to find someone to guarantee his bank loan. If he hadn't mentioned the name of the bar in his message, he probably would have stood him up.

"You know what? I think you're the best even though I have friends who are CEOs, politicians, and big guns in real estate. You know why? Because you were the best student in school."

He didn't fall for the guy's flattery. He must have used the same spiel on every one of his friends. His words pricked him like thorns. The woman's coquettish laughter only made it worse.

Professor, you must get laid a lot like serious scholars.

In that instant, he heard a disembodied voice that

들었다.

그를 살인미수용의자로 만들었던, 그리고 본인은 하마
터면 살해된 시체가 될 뻔했던 문제의 그 술집 마담을 다
시 만나게 된 것 역시 그 여름의 끝 무렵이었다. 그가 도
서관에서 책을 찾고 있는 동안, 그의 휴대폰에 동창의 음
성메시지가 녹음되어 있었는데 하필이면 바로 그 술집에
서 그를 기다리고 있겠다는 것이었다. 그 술집의 이름을
듣는 순간, 가슴이 덜컥 내려앉았지만 그는 동창의 휴대
폰으로 전화를 다시 걸어 약속 장소를 바꾸자거나 하지는
않았다.

두 시간이나 걸려서 애써 찾아놓은 자료들이 순서 없이
그의 눈앞에서 흩어졌다. 서두를 필요가 전혀 없었지만,
그는 오래 미적거리지 않고 학교를 나섰다. 그가 술집에
들어섰을 때, 동창은 바로 그 마담과 함께 앉아 술을 마시
고 있었다. 그를 용의자로 지목하였던 여종업원은 보이지
않았고, 마담은 바로 몇 달 전에 칼에 찔려 생사를 오고갔
던 사람이라고는 볼 수 없게 멀쩡한 것 같았다.

"아하, 교수님이시군요?"

테이블로 다가선 그를 마담이 먼저 알은체했다. 그의

could have sprung out of his armpit, the soles of his feet, or his groin. He grimaced and downed one shot after another. But the voice only got louder and more insistent. Finally, he remembered it. She'd said it that other night after he confided to her that he and his wife hadn't had sex for half a year. He'd asked her then,

Why don't you seduce me?

And their conversation had spun out of control. Now he remembered everything he'd seen and smelled that night. She was wearing a red dress with a plunging neckline and reeked of alcohol and cigarettes. He remembered the brutal, painful way he'd reached for her neck and nipples, her scream...

Don't you want to fuck?

What do you have to offer me? The woman asked, and his voice answered,

Love... love worth risking your life for. That's my offer...

She laughed. He groped her again. The bottles crashed, and she screamed. It all happened amid a muddle of colors: the yellowish whisky, the crystal-clear mineral water, the assorted summer fruits in cruelly vivid colors, her wine-red clothes...

"You've been here before, haven't you?"

얼굴이 자신도 모르게 바짝 긴장되었다.

"날 알아요?"

그가, 저 혼자만이 느껴지는 떨림으로 입을 열었으나 마담은 태연하게 웃음을 띠어 보였다.

"이 오빠가 자기 친구 중에 교수도 있다고, 현직 국립대학의 교수도 있다고, 자랑이 보통이 아니던 걸요."

마담은 그를 알아보지 못하는 것 같았다. 어느 정도 취기가 느껴지기는 했지만, 적어도 그를 향해서는 무구하게 빛나는 마담의 시선을 받으면서, 그의 가슴은 이해할 수 없게 무거웠다. 그는 마담이 따라주는 좁은 잔의 양주를 단숨에 들이켰다.

몇 달 전의 초여름 밤에 그는 살인미수용의자였다. 그 얼마 전, 그는 바로 이 술집에서 기억이 끊겨나가도록 술을 마셨고, 그 끝에 한 여자에게 구차한 욕심을 부렸고, 그 욕심이 채워지지 못하자 난폭하게 행패를 부리기까지 했었다. 그것이 그의 진술인지, 아니면 타인들의 진술인지는 이제 와서는 아무런 상관도 없었다. 기억하지 못하는 곳에 그가 있었고, 또한 기억하지 못하는 곳에 그를 살인미수용의자로 만들었던 한 여자가 있었다.

"그래도 이 친구가 내 친구 중에서는 제일 큰 놈이야.

He snapped out of his stupor and looked at her. She was grinning.

"I was in an accident some time ago. My memory hasn't been the same since then. Because of shock, according to my doctor..."

"What sort of accident?" his friend asked. She tapped her finger twice on her chest. He gasped in spite of himself, as if she had pierced him. He imagined the blue glint of a knife under the light, dark red blood dripping from it. He could not stop gasping. When he unclenched his fists, he saw blood running between his fingers, flowing down his thighs and calves, and pooling at his feet. But the two only went on laughing.

When he woke up the next morning, he found her sleeping naked beside him on a motel bed. A sliver of light streaming through a gap between the thick curtains fell on her shoulder and breasts. The stab wound wasn't just ugly, it was horrible.

He remained in bed and tried to recall what happened the previous night. He couldn't remember a thing, except that he got drunk. He couldn't remember how he'd answered his friend about the loan guarantee, or how he ended up lying naked beside

제일 잘 나가는 놈이라구.”

　낮술에 취했다기보다는 의도적으로 취한 티를 내고 있는 것이 분명한 친구의 말을 들으면서 그는 또 한 잔의 술을 들이켰다. 느닷없이 전화를 걸어온 친구의 용건을 그는 모르지 않았다. 친구가 선이 닿는 모든 지인들을 찾아다니며 은행의 빚보증을 서주기를 요구하고 있다는 것을 이미 다른 친구에게서 들은 바 있었던 것이다. 만일 친구가 핸드폰에 남겨놓은 메시지의 약속 장소가 이 술집만 아니었다면 그 역시, 그 친구의 일방적인 약속을 지키지 않았을 것이다.

　“너, 그걸 알아야 한다. 내 친구 중에 별별 사장놈들이 다 있고, 정치하는 놈도 있고, 부동산으로 알짜배기 부자인 놈도 있지만 그래도 난 너를 제일로 친다. 왜냐? 너 그거 왜지 아니? 내 친구 중에서 네가 제일 공부를 잘한 놈이었단 말이야.”

　친구의 말은 들을 게 못 되었다. 친구는, 만나는 모든 지인들에게 같은 말을 했을 게 뻔했으니까. 그러나 어쩐지 친구의 말은 가시가 돋쳐서 그에게 날아오고, 그 친구의 말끝에 다시 교태스럽게 웃는 마담의 웃음소리도 마찬가지였다.

her... He must have blacked out for the second time. If she did not wake up, he would be arrested again as a murder suspect. Only, this time, he'd probably be arrested as the killer, not a mere suspect. He had no alibi to prove his innocence.

She was sound asleep, so far gone it seemed she wouldn't wake up unless you shook her or gave her a slap. He panicked. Was she dead? He raised his own hands and checked the palms, as if he was looking for the possible bloodstain. But his hands looked clean, the heart, head and lifelines clearly discernible.

His palms must have had ill luck written on them when he was born. He was the eldest of five siblings and grew up bearing the brunt of his parents' expectations, as was common for firstborn sons in Korea in the 1960s. He felt pressured to be an ideal eldest son and a good example to his parents and siblings. But what did that mean, 'a good example'? What kind of person constituted that ideal—someone capable, modest and responsible?

He doubted his parents meant to have so many children. After both of them were diagnosed with cancer and survived before middle age, they became devout Catholics and tried to accept divine

—혹시 교수님은 밤일도 학문적으로 하시는 거 아닌가요?

순간, 겨드랑이 밑, 발바닥의 중간, 혹은 사타구니 어느께에서, 밑도 끝도 없는 목소리가 튀어나온다. 그는 인상을 찡그리면서 좁은 잔의 양주를 연거푸 들이켰다. 그러나, 목소리는 점점 더 뚜렷해진다. 그는 비로소 기억했다. 그가 아내와 벌써 반 년째 잠자리를 한 번도 같이하지 않았다는 것을 말했을 때, 마담이 한 대꾸였다. 지난 초여름의 어느 날 밤에.

—네가 나 좀 유혹해볼래?

목소리는 이제 거침이 없다. 게다가 그 목소리에 색깔과 냄새들이 스며들기 시작했다. 그날 마담이 입고 있던 옷…… 목이 깊게 파인 와인 빛의 원피스, 그 옷에 묻어 있던 시큼한 술 냄새와 담배 냄새…… 그리고 촉감. 그의 손이 깊게 파인 원피스 목덜미 속으로 들어가 마담의 젖꼭지에 이르렀을 때의 그 격렬하고도 고통스럽던 느낌…… 그리고 마담의 비명 소리.

—너, 나랑 같이 자고 싶지 않아?

목소리가 다시 말한다.

—대가로 뭘 줄 건데요?

providence: "Take what you are given." He himself had never received divine providence since he was born, but he'd grown used to taking life as he was given. As a child, he had been hailed as a genius. He was the best student in their town, and entered the best university in Seoul.

He didn't only excel in his studies; he was also the town's best sprinter. When he competed in the 100-meter dash, fists clenched, his four siblings scrambled off the stands cheering him on from the edge of the tracks. It was painful and he thought he would die. The three lines on his palms grew deeper. His P.E. teacher wanted him to become a track-and-field athlete, but his parents, relatives and neighbors objected, so his teacher could not train him to run with his fists unclenched. The year he graduated from elementary school, he ran a marathon, his fists clenched all the way. The lines in his fists shook uncontrollably and his young heart strained to break free as he ran the final stretch.

It's okay, you can stop now. Stop! Stop now!

He wondered if it was his fists screaming, or his heart, above its painful hammering. He heard the voice tempting him, but he could not stop. He'd been given this life, and he knew he was safe as

47

마담이 묻고, 목소리는 대꾸한다.

—사랑…… 목숨 건 사랑, 그런 거.

마담의 웃음소리…… 그리고 그녀의 원피스 속으로 다시 기어들어가는 그의 손, 넘어지는 양주병, 마담의 비명 소리…… 그리고 색깔, 색깔들…… 양주의 노란 빛과, 생수의 물빛과, 온갖 여름 과일들의 참혹할 정도의 싱싱한 빛들과, 마담의 진한 와인 빛 원피스……

"우리 집에 한번 오셨었지요?"

마담이 문득, 그에게 묻고 그는 정신을 차려 마담을 돌아보았다. 마담은 생글거리며 웃고 있었다.

"얼마 전에 사고가 있었거든요. 그 사고 다음부터 건망증이 생겼어요. 의사 말로는 쇼크 때문이라던데……"

"사고? 무슨 사고?"

친구가 대신 묻자, 마담이 자신의 가슴께를 손가락으로 쿡쿡 찔러보였다. 그저 손가락뿐이었는데, 무슨 까닭이었을까. 그의 입에서, 칼에 찔린 듯 신음 소리가 토해져 나왔다. 바로 그 순간에 그는, 불빛에 빛나는 선연한 칼의 푸른빛을 보았고, 그 칼에 묻어나는 검붉은 피의 빛깔을 보았다. 그는 토해져 나오는 신음 소리를 멈출 수가 없었다. 양주잔을 들었던 자신의 두 손바닥을 펼쳐 보았을 때,

long as he clung to it. This profound sense of life was deeply etched in his memory, and the only time he ever forgot or lost his grip on it was when he was stone drunk.

He turned and embraced the sleeping woman. He felt the scar of the stab wound on her chest. It had the texture of metal and the smell of blood.

Love... love worth risking your life for. That's my offer...

It was you, wasn't it?

The alcohol must have helped her to remember him the night before. While his friend went to the toilet, she spoke fast, in a torrent, her eyes glinting.

It's you, yes, I remember now.

But I didn't stab you, right?

Yes, it was you.

She was drunk—they both were. He laughed, and she laughed with him. If she decided to turn him in as the culprit, he would have no way of extricating himself. He could neither acknowledge nor deny that he was the culprit.

He had no idea who stabbed her or what kind of relationship they had. He did not want an explanation from her, nor compensation for what he had suffered. All he wanted to hear from her was that it

손바닥은 피투성이였다. 손바닥에 고인 피가 손가락 틈 사이로 툭툭 떨어져내려 그의 허벅지를 적시고 그의 종아리를 적시고, 그의 발등을 적셨다. 그러나 마담과 친구는 웃고 있을 뿐이었다.

이튿날 아침, 그가 깨어 일어났을 때 그의 곁에는 알몸의 마담이 누워 있었다. 여관방의 두터운 커튼 사이를 힘겹게 뚫고 들어온 햇살이 마담의 벗은 어깨를 지나, 벗은 가슴 위에 내려앉아 있었다. 칼에 찔린 자국은 흉한 정도가 아니라 끔찍했다.

그는 가만히 누운 채로 지난밤의 일을 더듬었다. 술을 많이 마셨다는 것 이외에 기억나는 것은 아무것도 없었다. 빚보증을 원하던 친구의 부탁은 어찌했는지, 그 친구는 어디로 가버린 것인지, 마담과는 어떻게 여기까지 와서, 이렇게 벗은 몸으로 나란히 누워 있게 된 것인지…… 또다시 모든 기억이 분실된 모양이었다. 만일 지금, 곁에 누워 있는 마담이 영원히 깨어나지 않는다면, 그는 또다시 살인용의자가 될 것이었다. 아니, 이번에는 용의자 정도가 아니라 바로 범인이 되어버릴지도 모를 일이었다. 그에게는 어떤 알리바이도 존재하지 않았다.

wasn't he who had stabbed her.

But when she tapped his chest with her finger saying it was he who did it, he thought that might be what he'd been waiting to hear all along. Perhaps he had stabbed her. Perhaps it was his car that had been crushed and crumpled on the highway. Perhaps it was his arm that had been dangling through the shattered window.

Lying on the motel bed, he looked at the sunlight streaming in through the gap in the thick curtains and remembered the bleeding sunset he had seen from the classroom the day he had escaped the pileup. It was like the sunset he saw a long time ago while running on the school track. He'd never liked running. He just started and never wanted to stop. It seemed like the nature of running. Besides, they called him the best runner in town, and he believed it. He should not, could not, stop.

The finish line could not been seen in the school track as the sun had set. Streamers bearing the flags of different nations flapped in the breeze, invisible in the darkness. He could no longer see his cheering parents and siblings. His body did not want to go on. His legs grew heavier and he slowed to a

마담의 잠은 깊었다. 마구 흔들어대거나 뺨이라도 한 대 갈기지 않으면 깨어나지 않을 것처럼 깊어 보이는 잠이었다. 알 수 없는 일이었다. 마담은 어쩌면 이미 죽어 있는 것일지도. 그는 가만히 손을 들어 올려 손바닥을 펴 보았다. 혹시 묻어 있을지도 모를 핏자국 같은 것을 찾고 싶은 것처럼. 그러나 세 줄의 손금이 굵게 그어진 손바닥은 여자의 체액 냄새를 풍기고 있을 뿐, 멀쩡했다.

그가 그 또래에서는 드물게 자그마치 다섯 형제의 맏형이라는 운명을 타고 태어나게 되었을 때, 그의 손금은 아마도 비극에 차 있었을 것이다. 그는 60년대 스토리에서나 등장할 법하게 동생들의 몫을 혼자 차지하며 성장했다. 그는 부모님과 동생들에게 그 대가를 요구받았는데, 그들은 그에게 늘 '훌륭한 사람' '능력 있는 장남'이 되기를 강조했다. 그러나 대체 훌륭한 사람이란 어떤 것일까? 훌륭하면서도 능력 있고 존경받으면서 겸손한, 그리고 책임 있는 인간이란 어떤 것일까.

그의 부모가 처음부터 자식을 그리 많이 낳을 생각이었던 것은 아니었을 것이다. 중년도 되기 전의 나이에 암 투병을 한 이후 부모는 독실한 가톨릭 신자가 되었고, 주는 대로 받으라는 신의 말을 거스르지 않았을 뿐이었다. 태

brisk walk. Then he slowed down further. He was the only one left on the track. He was too tired to think. Even when a thought occurred to him, it came and went quickly. He dragged his feet, panting heavily on the dark deserted track after sunset.

Translated by Sohn Suk-joo and Catherine Rose Torres

어날 때부터 신의 계시를 받은 것은 아니었지만, 그 역시 '주는 대로 받는' 삶에 익숙해져 있었다. 그는 어려서 신동 소리를 들었고 근동에서 가장 공부를 잘하는 아이였고, 서울에 있는 가장 좋은 대학엘 들어갔다.

어린 시절, 그는 공부를 잘했을 뿐만 아니라, 읍내에서 가장 달리기를 잘하는 소년이기도 했다. 그가 두 주먹을 불끈 쥐고 백 미터를 뛸 때, 운동장의 스탠드 위에서 뛰어내려와 트랙까지 달려들어 소리를 지르던 네 동생의 환호 소리는 찬란했고, 숨이 가빴고, 고통스러웠다. 주먹 쥔 그의 손 안에서 세 줄의 손금이 점점 더 굵어졌다. 그를 육상 선수로 키우고 싶어 했던 당시의 체육 선생은, 그의 부모와 그의 친척들과 심지어는 그의 마을 사람들에게까지 일시에 비난을 당하느라, 주먹 쥐고 달리는 것이 좋은 자세가 아니라는 것을 충분히 가르칠 수가 없었다. 초등학교를 졸업하던 해에 참가했던 마라톤 대회에서도 그는, 내리 주먹을 쥐고 달렸다. 오래 달릴수록, 그의 주먹 속에서 손금이 경련하고, 그의 어린 심장이 고통스럽게 쥐어짜졌다.

괜찮아, 그만 달려도 돼. 여기서 멈춰. 멈추라구.

주먹 속의 손금이었을까, 아니면 고통스럽게 뛰고 있던

심장의 외침이었을까. 그는, 그 유혹의 소리를 선명하게 들었으나, 그러나 멈출 수가 없었다. 삶은 그에게 주어진 것이었고, 그는 가급적 그 안에 있는 것이 안전하다는 것을 알았다. 그리고 그러한 기억은, 그의 삶 속에 각인되었다. 그 기억을 간혹 잊거나, 놓치는 것은 자신의 존재에 대한 기억까지 까마득해질 때, 말하자면 만취했을 때뿐이었다.

그는 몸을 돌려, 깨어나지 않고 있는 여자를 보듬어 안았다. 여자 가슴의 칼에 찔린 자국이 그의 가슴까지 전해져왔다. 금속성의 느낌이다. 그리고 피의 냄새가 있다.

―사랑, 목숨 건 사랑…… 그런 거.

여자의 목소리가 어디선가 문득 떠올랐다.

―그 사람이 당신, 맞죠?

지난밤, 여자도 만취해 가면서 술의 힘으로 기억을 되살려갔던 모양이었다. 빚보증 때문에 찾아왔던 친구가 화장실에 간 사이, 여자는 눈을 빛내며 거의 숨도 쉬지 않는 속도로 빠르게 말했다.

―맞아요, 당신이에요. 기억이 나요.

―그렇지만 당신을 찌른 사람은 내가 아니잖소.

―아니에요. 바로 당신이에요.

여자는 취했고, 그도 취해 있었다. 그는 웃었고, 여자도 웃고 있었다. 만일에 여자가 그를 범인으로 지목한다면, 그는 할 수 있는 말이 없었다. 바로 내가 맞소, 라고 말할 수 없듯이 내가 아니다, 라고도 말할 수가 없는 것이었다.

그는 마담을 칼로 찌른 진범이 누구인지, 마담과는 어떤 관계인지 전혀 알지 못했다. 마담에게 그 설명을 들을 생각도 없었고, 자신이 당한 피해에 대해서 보상을 요구할 생각도 없었다. 다만 그는, 그가 아니라는 것, 마담의 가슴에 칼자국을 낸 사람이 그가 아니라는 것을 마담의 목소리로 듣고 싶을 뿐이었다.

그러나 취한 마담이 손가락을 똑바로 세워 그의 가슴을 쿡쿡 찌르며, 바로 당신이에요, 라고 말했을 때 그는 자신이 진정으로 듣고 싶었던 말은 어쩌면 그것이었는지도 모르겠다고 생각했다. 마담을 칼로 찌른 사람은 어쩌면 자기였을지도. 그리고 고속도로의 연쇄 추돌사고에서 짜부라져 있던 차는, 바로 자기 차였을지도. 그리고 깨진 유리창 밖으로 덜렁거리던 팔목의 주인공도 바로 자기였을지도.

그는 가만히 누워서, 여관방의 두터운 커튼 사이로 힘

겹게 스며드는 햇살을 바라보며, 연쇄 추돌사고가 있던 날 오후 강의실에서 보았던 붉은 노을빛을 떠올렸다. 생각해보면 그 노을빛은, 아주 오래 전, 오래달리기를 하던 학교 운동장에서 보았던 노을빛이었던 것도 같다. 그가 달리는 일을 좋아했는가 하면 전혀 그렇지가 않았다. 그는 출발하였고, 다만 멈추지 않았을 뿐이다. 그것이 달리기의 속성이었으므로, 그렇게 알았으므로. 게다가 그는, 근동에서 가장 달리기를 잘하는 소년이었으므로. 모두가 그렇게 알고 있고, 자신 또한 그렇게 알고 있었으므로. 그는 멈춰서는 안 되었고, 멈출 수가 없었던 것이다.

노을이 지고, 해가 저물었으므로 라스트 라인은 감춰졌다. 운동장에서 펄럭이던 만국기도 어둠 속으로 사라지고, 그의 달리기에 환호하던 어린 네 동생과 부모님의 모습도 보이지 않는다. 몸은 이제, 그를 원하지 않는다. 그의 다리가 점점 무거워져, 이제 달리기는 빠른 걸음 정도로 바뀌고, 곧 그나마도 속도를 내지 못하기 시작한다. 어두운 운동장에 남겨진 것은 이제 그뿐이다. 그는 너무 지쳤으므로 아무 생각도 할 수가 없고, 때때로 떠오르는 생각은 느리게 다가왔다가 빠르게 사라져간다. 이제 끝듯이 걷는 걸음 뒤로, 어둠과, 헉헉거리는 숨소리가 그를 따라

올 뿐이다. 노을도 지고, 해도 진 운동장의 트랙 위에서.

『브라스밴드를 기다리며』, 문학동네, 2001

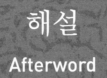

해설

Afterword

사랑의 기억, 기억의 사랑

양윤의(문학평론가)

김인숙은 삶의 상처 속에서 소통의 실마리를 찾아나가는 작가이다. 그녀는 1983년 등단한 이래 현재까지 놀라운 생산성을 보여주고 있다. 「칼에 찔린 자국」은 성인이 되어서야 자신을 돌아보게 된 중년 남자가 느끼는 뒤늦은 상실감에 대한 기록이다. 그는 성공을 위해 청춘을 다 소비한 후에야 자신의 삶이 얼마나 끔찍하게 예속되어 있었는지를 깨닫는다. 그가 자신의 삶을 돌아다본 계기가 된 것은 끔찍했던 어느 여름의 사고였다.

그는 팔 년간의 시간강사 생활 끝에 국립대학의 교수직을 얻어냈다. 성공을 위해 강박적으로 달려온 남자의 삶은 고속도로를 질주하는 자동차와 같은 삶이었다. 그러던

Memory of Love, Love of Memory

Yang Yun-ui (literary critic)

Kim In-suk's characters search for clues to human communication in the midst of grief inherent in the human condition. Kim has been a prolific writer since her debut in 1983. "Stab" tells the story of a middle-aged man who belatedly realizes a loss of his self while looking back on his life after an incident. Having devoted his life to achieving a goal, he realizes that his life has been pathetically bound to the ideology of success.

The protagonist has just received professorship at a national university after eight long years of working as a part-time lecturer. His success-driven life is like a precariously speeding car on a highway. One

어느 초여름 그는 우연히 만난 술집 마담에게서 연정을 느낀다. 그가 술집 마담을 향해 "사랑, 목숨 건 사랑……"을 바치겠다고 말한 것은 한 중년 남자의 통속적인 순정이라고 할 수 있으나 문제는 그렇게 간단하게 끝나지 않는다. 그가 술에 취해 마담에게 집착하던 날 밤 그녀가 괴한의 칼에 찔려 중상을 입은 사건이 발생한다. 그러나 그는 그날 밤의 일을 기억하지 못한다. 술에 취해서 그날 밤의 기억 자체를 송두리째 잃어버린 것이다. 그는 술집 여종업원에 의해 범인으로 지목받아 용의자의 처지에 놓였으나 다행히 진범이 잡히는 바람에 무죄를 입증 받았다. 결혼 후 소원해진 아내와의 관계는 그동안 완전히 틀어져버렸다. "사는 게 결국, 이 모양 이 꼴이 되어버렸는데. 다른 게 아무것도 없는데." 아내의 냉소 어린 독백은 그 여름 내내 그의 머릿속을 떠나지 않는다.

여름이 끝나갈 무렵 그는 우연한 계기로 다시 그 술집을 찾는다. 마담은 중상을 입었던 사람처럼 보이지 않았다. 그녀는 그때의 사고로 인한 쇼크로 건망증이 생겼다고 말한다. 교태 섞인 웃음으로 그를 맞는 마담을 보고 있다가 그는 환청과 같은 목소리를 듣는다. 아내와 반 년째 잠자리를 하지 않고 있다고 말하는 술 취한 그의 고백이

early summer night, he feels tender passion toward a bar hostess. What he promises her is "Love... love worth risking your life for..." But his desire and promise turn out to be more than a middle-aged man's empty proposition. That night, the hostess is stabbed and falls into a coma. The protagonist cannot recall what had happened that night because he had been so drunk that he blacked out. He becomes a murder suspect fingered by a waitress at the bar, but he is lucky enough to be cleared of the charge after the real culprit is arrested. The main character is estranged from his wife, and their marriage is on the rocks. They often quarrel and he is haunted by his wife's cynical murmurings: "This is the way our lives turned out. This is all we have."

Around the end of summer, he happens to go to the same bar again. The hostess has amnesia due to the shock from the stabbing incident, but everything seems okay. Hearing her coquettish laughter, however, he hears another voice—his own from the past. Completely drunk, he told her on the night of the incident that he and his wife hadn't had sex for half a year. When the hostess jokingly pokes him in the chest with her finger, he sees a violent image: a blue knife in her chest and red blood smeared all

다. 사실 이 대화는 지난 초여름 밤에 술집에서 마담과 나누었던 이야기이다. 술에 취한 마담이 웃으며 손가락으로 그의 가슴을 찌르는 시늉을 하자, 만취한 그는 잔인한 환영을 본다. 마담의 몸에 푸른 칼이 꽂히고 그녀의 몸이 붉은 피로 범벅이 된 이미지다. 그날 밤 그는 마담과 잠자리를 갖는다. 이튿날 아침 여관방에서 깨어난 그는 마담의 가슴에 남아 있는 칼에 찔린 흔적을 본다. 그는 깨어나지 않고 있는 여자의 몸을 안았다. 칼에 찔린 자국에서 '금속성 느낌'과 '피의 냄새'가 그에게 전해졌다. 지난 밤 그녀는 자신을 찌른 진범으로 그를 지목했다. 그는 자신이 범인이라는 사실을 부인했으나 그녀는 기억이 난다고 말했다. 둘 다 취했으므로 사실을 확인할 수는 없었다. 그러나 그는 어쩌면 자신이 진정 듣고 싶었던 말이 바로 그 말일지도 모르겠다고 생각한다.

기억은 한 사람의 존재 증명이다. 기억을 복원하지 않고서는 내가 나임을, 또한 나였음을 증명할 방법이 없다. 따라서 그의 기억이 끊어졌다는 것은 그가 그 자신의 정체성을 잃고 삶의 연속성에서 벗어났다는 의미이다. 자신에게서 끊어져 나왔으므로 그는 사랑의 대상도 찾거나 지키지 못했다. 성공가도를 달리는 것처럼 보였으나 그는

over her body. They sleep together that night, and the next morning he wakes up to see the scar of the stab wound on her chest. He embraces the sleeping woman and feels "the texture of metal" and "the smell of blood" from the stab wound. He remembers that the previous night she told him he was the true culprit. He denied it, but she insisted, saying she remembered. Since both were drunk, it was impossible to know the truth. Strangely, however, he feels that her accusation might be what he had been waiting to hear all along.

Memory is the proof of a person's existence. Without restoring the memory, it is impossible to prove who I am and who I was. Therefore, the disruption of memory means the loss of identity and a deviation from life's continuity. The protagonist's loss of memory symbolizes his failure in maintaining the subject of his love or looking for a new one. Although his life appears to be a success, he is alienated from his wife and cannot establish a proper relationship with the bar hostess. The voice ringing in his ears represents his sense of guilt over the violence he might have inflicted in spite of himself. Perhaps this shows that on the other side of what we believe is affection or love there might be lurk-

아내도 잃고 마담과도 온전히 맺어지지 못한다. 그의 귓전을 맴도는 목소리가 있다. 아마도 그 목소리의 주인공은 의도하지 않은 사이 그가 저질렀을 수 있는 폭력에 대한 죄의식일 것이다. 우리가 순정이라 믿고 있는 그 이면에는 어떤 방식의 폭력이 있을 수 있음을, 우리는 자기 상처에 취해 누군가에게 사랑한다고 말하면서 상대의 가슴에 지울 수 없는 칼의 흔적을 남길 수 있음을 이 소설은 알려준다. 남자가 술집 여인에게 매달리며 소리치던 "목숨 건 사랑"은 이런 역설을 담고 있다.

ing a mode of violence. That is, the story makes us realize that suffering from life's scars, we might be inadvertently inflicting an indelible wound on someone else while promising love. The man's promise of "love worth risking your life for" symbolizes this paradox.

비평의 목소리

Critical Acclaim

상실의 아픔을 문학의 자리에서 제대로 앓는 가운데, 상실감의 근원을 우선 '자기' 속에서 대상화하는 과정이 필요했다. 이 과정에서 그간 목소리를 숨겼던 타자(他者)들을 찾아낼 수 있을 때, 강요된 내면화를 소설적 성숙으로 지양할 수 있게 되는 것이리라. 김인숙 소설이 보여준 '상실감의 내면화' 양상은 이 점에서 주목에 값한다.

스스로를 가해자의 자리로 내모는 심리적 착종을 통해 훼손된 존재의 정당성을 묻고 그로부터 존재의 복원을 희구하는 「칼에 찔린 자국」의 소설적 전언이 의미를 갖는 것도 이 지점에서다. 상처의 근거를 자기 자신 속에서 찾으려 하는 고통의 진정성이 타자의 보편적 상처를 향해 열

It was necessary to objectify the source of loss within one's "self" in order to properly understand the pain of loss in literature. If this process helps her to discover "others" silenced within herself, she might be able to achieve literary maturity by overcoming forced internalization. In this regard, it is worth noting how "an internalized sense of loss" is described in Kim In-suk's fiction.

"Stab" is remarkable in that it raises a question about a wasted life and explores ways to restore it through a protagonist who is psychologically so distorted that he wants to perceive himself as a victimizer. Its message is meaningful because the protago-

리고 있기 때문이다. '상실감의 내면화'가 자기만이 피해자인 듯, 적의나 원한을 한 편으로 하는 감상의 고립으로 치달릴 때 기다리고 있는 것은 참담한 소설적 실패뿐이다. 그러나 이를 소설 쓰기의 지속성 속에서 피해 나가는 일이 말처럼 쉬운 것은 아니다. 작가에게 상실감 혹은 상처의 근원을 자기 속에서 대상화하는 과정은 '온몸'의 지속적 투기를 통해 미적 거리를 조금씩 얻어내는 일이기 때문이다. '미적 거리(距離)'란, 결국은 자신의 이야기에 귀착되면서도, 상상력에 의한 서사의 변주를 가능케 하며, 타자와의 열림을 소설 속에 들이는 기본적 규율이다.

정홍수

김인숙의 이번 소설집의 인물들은 '젊음의 뒤안길에서 인제는 돌아와 거울 앞에 선 내 누님'과 같은 얼굴을 하고 있다. 그들은 하나같이 나아가고 바라보고 말을 거는 대신에 움츠러들고 훔쳐보고 중얼거린다. 김인숙은 바로 이 중얼거림에 대해 천착해간다. 그리고 김인숙은 이 중얼거림이 세계 내적 위치의 확립이 불가능한 현대인의 실존적 조건이며 동시에 인간의 자존을 지키려는 마지막 안간힘이라는 것을 매우 심오하고 다양한 방식으로 표현해낸다.

nist's genuine effort to trace the source of his pain within himself leads him to an understanding of the universal pain everyone feels. If a story's protagonist internalizes his sense of loss in a self-centered way and perceives only himself as the victim, if he sentimentalizes his victimhood and turns it into animosity or rancor, the story is bound to fail. However, it is not such an easy task for an author to see beyond a character's victimhood. The process of understanding the source of loss or pain objectively is a work of gradually obtaining "aesthetic distance" by continuing to make all-out literary efforts. "Aesthetic distance" is a basic rule of fiction writing, which enables diversifying narrative through imagination, i.e. opening it up to the perspective of others even when it is about one's own story.

Jeong Hong-su

Kim In-suk's characters remind us of "our aging big sister who finally finds her way back home and stands in front of a mirror." They all barely speak beyond a whisper and look furtively in a dispirited manner, rather than speak to or look straight at us. Kim explores such a minimal voice of whispering in such various profound ways that she seems to

침묵을 강요당하는 주체나 현상에 대한 김인숙의 관심은 매우 의미 있는 일임에 분명하지만 작가 개인에게는 대단히 낯설고 두려운 영역이었을 터. 그토록 많은 것을 이루고도 또 다시 새로운 지점을 향할 수 있는 김인숙의 용기와 열정이 나에게는 경이롭다.

류보선

　김인숙의 주인공들은 여전히 삶의 진실을 찾아 헤매고 있고 잘 보이지 않는 진실 때문에 삶을 고통스럽고 힘겹게 유지한다. 김인숙은 삶과 죽음을 맞닥뜨려 놓는 극단적 방식에 의해 그래도 삶은 살아야 할 무엇임을 이야기하며 희미하게 인간관계의 끈을 찾아나가려 한다. 혼란스럽고 복잡한 온갖 기억의 흔적들은 의미를 잃어버린 멍한 시선 아래에 섬세하게 거미줄 치고 있으며, 이러한 파헤쳐진 서사의 어지러움 속에 '단지 한 개인의 고통만이 아닌 삶'이 드러난다. 이 '아무것도 아닌 삶'은 죽음이나 실직이나 살인미수 같은 느닷없이 닥친 사고에 의해 더욱 극명하게 서사의 표면으로 도드라지지만, 사실 이 깨달음이 느닷없기만 한 것은 아니다. 이들의 '아무것도 아닌 삶'은 오랜 세월 조금씩 축적되어온 것이고, 그래서 이미

regard it as the existential condition of displaced modern human beings who are desperate to maintain human dignity. Her interest in silenced human subjects and their existence is remarkable, but it must have been a terribly strange and scary territory for her. I highly admire her courage and passion for daring to reach for a new point of beginning after already achieving so much.

Ryu Bo-seon

Kim In-suk's characters wander around in search of life's truth. They stagger or suffer because the truth is not readily visible. By pitting life against death in an extreme manner, she tries to tell us why life is still worth living and explores the flimsy thread that connects human relations. She traces a delicate cobweb-like network of confusing and complex memories. She tries to show what life is like beyond an individual's pain, without getting lost in the maze of narrative. Such unexpected events as death, unemployment, and attempted murder bring "good-for-nothing" life into sharp relief in the narrative. In fact, such a sense of worthlessness does not appear suddenly as she shows that it accumulates little by little over the years and

그들의 무의식 속에 잠복해 있기 때문이다. 스스로의 존재 의미를 확인할 수 없는 인물들의 무기력함과 허망함은 어지럽고 혼란스러운 내면을 가질 수밖에 없고, 또 그 내면은 지난 삶이 이미 준비한 것이기에 회한과 고통의 기억으로 가득 차 있다.

서영은

lurks in her characters' unconsciousness. Such help-lessness and emptiness illustrate why her characters cannot be assured of the meaning of their existence or avoid having a confused and disturbed interior. Their insides are full of memories of regret and pain from the past.

Seo Yeong-eun

김인숙

김인숙은 1963년 서울특별시 은평구 갈현동에서 태어났다. 1967년 다섯 살 때 아버지가 지병으로 사망하는 아픔을 겪었다. 이후 하숙을 치는 어머니 밑에서 어려운 어린 시절을 보냈다. 숙명여자중학교와 진명여자고등학교를 졸업하였으며 1987년 연세대학교 신문방송학과를 졸업하였다.

1983년 《조선일보》 신춘문예에 단편 「상실의 계절」이 당선되어 문단에 데뷔하였다. 1988년 보고문학 「하나 되는 날」로 전태일 문학상 특별상을 받았다. 1993년 소설집 『칼날과 사랑』을 발표한 뒤 오스트레일리아 시드니에서 생활하다가 1995년에 귀국하였으며 이후 중국 다롄에 잠시 거주하기도 하였다. 1995년 『먼 길』로 제28회 한국일보문학상을 수상했다. 2000년에는 상처 입은 두 남녀의 이야기를 묘사하면서 인간 존재의 근원적인 외로움과 대화의 단절을 보여준 작품인 「개교기념일」로 제45회 현대문학상을 받았다. 2003년에는 중국에서 쓴 「바다와 나비」로 제27회 이상문학상을 수상하였다. 「바다와 나비」는 남

Kim In-suk

Kim In-suk was born in Galhyeon-dong, Eunpyeong-gu, Seoul in 1963. Her father died of an illness when Kim was only five years old. Since then she had a hard childhood under her mother who ran a boardinghouse to make ends meet. She graduated from Sookmyung Girls Middle School, Jinmyeong Girls High School, and the department of mass communications at Yonsei University in 1987.

She made her literary debut when her short story "The Season of Losses" won the 1983 *Chosun Ilbo* Spring Literary Contest. In 1988, she won the Jeon Tae-il Literature Prize Special Award with her reportage "The Day We Become One." After publishing "Sword and Love" in 1993, she lived in Sydney, Australia for two years, and in Dalian, China for a year. In 1995, she won the 28th *Hankook Ilbo* Literary Award with *The Long Road*. In 2000, she received the 45th *Hyundaemunhak* Award with "The Anniversary of School Foundation," which explores the solitude fundamental in human existence and the lack of communication. In

편과의 불화 때문에 중국에 온 여자가 조선족 사람들의 삶을 체험한 뒤 행복의 허상을 깨닫게 된다는 내용을 담고 있다. 2005년에 「감옥의 뜰」로 이수문학상을, 2006년에 『그 여자의 자서전』으로 제14회 대산문학상, 2010년 『안녕, 엘레나』로 제41회 동인문학상을 수상했다. 2012년에는 「빈집」으로 황순원 문학상을 수상했다. 현재 중앙대 문예창작과 초빙교수로 재직 중이다.

2003, she won the Yi Sang Literary Award with "Sea and Butterfly," a short story written during her stay in China. The short story portrays a woman who realizes the illusory nature of so-called happiness after witnessing the lives of ethnic Koreans in China during her stay there due to her conflict with her husband. She won the 2005 Yisu Literary Award with "Prison Yard," the 14th Daesan Literary Award with *Her Autobiography* in 2006, the 41st Dongin Literary Award with *Goodby, Elena* in 2010, and the 2012 Hwang Sun-won Literary Award with "Empty House." She teaches creative writing at Chung-Ang University in Seoul.

번역 손석주, 캐서린 로즈 토레스

Translated by Sohn Suk-joo and Catherine Rose Torres

손석주는 《코리아타임스》, 《연합뉴스》 기자로 일했다. 제34회 한국현대문학 번역상, 제4회 한국문학번역신인상을 받았고, 2007년 대산문화재단 한국문학번역지원금을 수혜했다. 인도 자와할랄 네루 대학에서 영문학 석사 학위를 받았으며, 현재 호주 시드니대학에서 포스트식민지 영문학의 섹슈얼리티 등을 주제로 박사 논문을 쓰고 있다. 로힌턴 미스트리의 장편소설 『적절한 균형』, 『그토록 먼 여행』, 조지 E. 스트레이트마이어의 『한국전쟁 일기』 등을 국역했으며, 김인숙의 『바다와 나비』, 김원일의 『어둠의 혼』, 신상웅의 『돌아온 우리의 친구』 등을 영역했다. 계간지 등에 단편소설, 에세이, 논문 등을 40편 넘게 번역했다.

Sohn Suk-joo, a former journalist for the Korea Times and Yonhap News Agency, is a Ph.D. candidate at The University of Sydney, Australia. He won a Korean Modern Literature Translation Award sponsored by the Korea Times in 2003. In 2005, he won the 4th Korean Literature Translation Award for New Translators sponsored by the state-run Korea Literature Translation Institute. He won a grant for the translation of a short story collection by Kim In-suk from the Daesan Cultural Foundation in 2007. He translated more than 40 pieces of short stories, essays, and articles for literary magazines.

캐서린 로즈 토레스는 외교관이자 작가이다. 2010년 단편소설 「카페 마살라」, 2004년 공상소설 『틈새』로 필리핀 카를로스 팔랑카 기념 문학상을 수상했다. 2002년 대한민국 국정홍보처 주최 다이나믹 코리아 에세이 콘테스트에서 『변화무쌍한 만화경』으로 대상을 수상하기도 했다. 미국, 싱가포르, 필리핀의 문예지와 잡지에 단편소설 및 에세이 등을 꾸준히 발표하고 있으며, 현재 싱가포르 주재 필리핀 대사관에서 영사로 근무 중이다.

Catherine Rose Torres is a Filipino writer and diplomat. She received two Carlos Palanca Memorial Awards for Literature for her fiction. Her short stories and essays have been published in literary journals and magazines in the U.S., Singapore, and the Philippines. She won the grand prize for her work "Kaleidoscope Turning" in the Dynamic Korea Essay Contest sponsored by the Korea Information Service in 2002. She is currently based in Singapore and is at work on her first collection of short stories.

감수 전승희 Edited by Jeon Seung-hee

서울대학교와 하버드대학교에서 영문학과 비교문학으로 박사 학위를 받았으며, 현재 하버드대학교 한국학 연구소의 연구원으로 재직하며 아시아 문예 계간지 《ASIA》 편집위원으로 활동 중이다. 현대 한국문학 및 세계문학을 다룬 논문을 다수 발표했으며, 바흐친의 『장편소설과 민중언어』, 제인 오스틴의 『오만과 편견』 등을 공역했다. 1988년 한국여성연구소의 창립과 《여성과 사회》의 창간에 참여했고, 2002년부터 보스턴 지역 피학대 여성을 위한 단체인 '트랜지션하우스' 운영에 참여해 왔다. 2006년 하버드대학교 한국학 연구소에서 '한국 현대사와 기억'을 주제로 한 워크숍을 주관했다.

Jeon Seung-hee is a member of the Editorial Board of ASIA, is a Fellow at the Korea Institute, Harvard University. She received a Ph.D. in English Literature from Seoul National University and a Ph.D. in Comparative Literature from Harvard University. She has presented and published numerous papers on modern Korean and world literature. She is also a co-translator of Mikhail Bakhtin's *Novel and the People's Culture* and Jane Austen's *Pride and Prejudice*. She is a founding member of the Korean Women's Studies Institute and of the biannual Women's Studies' journal *Women and Society* (1988), and she has been working at 'Transition House', the first and oldest shelter for battered women in New England. She organized a workshop entitled "The Politics of Memory in Modern Korea" at the Korea Institute, Harvard University, in 2006. She also served as an advising committee member for the Asia-Africa Literature Festival in 2007 and for the POSCO Asian Literature Forum in 2008.

바이링궐 에디션 한국 현대 소설 023

칼에 찔린 자국

2013년 6월 10일 초판 1쇄 인쇄 | 2013년 6월 15일 초판 1쇄 발행

지은이 김인숙 | 옮긴이 손석주, 캐서린 로즈 토레스 | 펴낸이 방재석
감수 전승희 | 기획 정은경, 전성태, 이경재
편집 정수인, 이은혜, 이윤정 | 관리 박신영 | 디자인 이춘희

펴낸곳 아시아 | 출판등록 2006년 1월 31일 제319-2006-4호
주소 서울특별시 동작구 흑석동 100-16
전화 02.821.5055 | 팩스 02.821.5057 | 홈페이지 www.bookasia.org
ISBN 978-89-94006-73-4 (set) | 978-89-94006-81-9 (04810)
값은 뒤표지에 있습니다.

Bi-lingual Edition Modern Korean Literature 023

Stab

Written by Kim In-suk | Translated by Sohn Suk-joo and Catherine Rose Torres
Published by Asia Publishers | 100-16 Heukseok-dong, Dongjak-gu, Seoul, Korea
Homepage Address www.bookasia.org | Tel. (822).821.5055 | Fax. (822).821.5057
First published in Korea by Asia Publishers 2013
ISBN 978-89-94006-73-4 (set) | 978-89-94006-81-9 (04810)